COPIE

De ma Lettre à M. DE LA FARE,
en lui envoyant l'Epitre suivante.

MONSEIGNEUR,

AGRÉEZ, je vous en supplie, avec indulgence, ce foible hommage d'une Muse, enflammée par le tableau des bienfaits que vous vous plaisez tant à répandre sur les malheureux épars dans votre Diocèse. Un sujet plus digne ne pouvoit m'inspirer, & les Gens de lettres seroient trop heureux, s'ils avoient toujours de tels modèles à célébrer; leur art & la société y gagneroient; mais le nombre des Elus est trop petit !

Un plus grand talent, MONSEIGNEUR, vous eut plus noblement chanté; mais il n'auroit pu être pénétré d'un zèle plus libre, plus pur & plus désintéressé : aucun autre motif que celui de la vérité & de la vertu, n'a conduit ma plume : je n'ai

A 2

pas le bonheur d'être connu de vous, je n'ai rien à vous demander, ainfi l'on ne peut, ni calomnier mes intentions, ni m'accufer d'une baffe flatterie. Jamais un homme vicieux, quelque grand, quelque puiffant qu'il foit, n'arrachera de moi un feul vers à fa louange ; & je ne troquerois pas mon indépendance & ma franchife, pour la faveur de tous les Monarques de la terre.

J'ofe me flatter, MONSEIGNEUR, que vous ne me refuferez pas la permiffion de faire imprimer, au profit des Pauvres, cette Epitre que j'ai l'honneur de vous adreffer. Votre nom, à la tête de mon ouvrage, le fera valoir, & les malheureux, par ce moyen, tiendront encore de vous le foible foulagement que je leur procurerai.

Je fuis, avec la plus refpectueufe admiration pour vos vertus,

MONSEIGNEUR,

Votre très-humble & très-obéiffant Serviteur,

J. DUSAULCHOY DE BERGEMONT.

Nancy ce 11 Janvier 1789.

RÉPONSE,

DE M. DE LA FARE.

Nancy le 13 Janvier 1789.

J'AI reçu, Monſieur, la lettre que vous m'avez écrite, & l'Epitre en vers qui s'y trouvoit jointe. Cette Pièce m'a paru ſortir du meilleur cœur, & annoncer pour la poéſie un talent décidé. La peinture de la miſère publique eſt malheureuſement trop fidelle. Celle que vous faites de moi, eſt bien plus l'expreſſion de ce que je voudrois être, que de ce que je ſuis. Dans ces jours de calamité, ſur-tout, la charité & la commiſération pourroient-elles être un mérite de ſurérogation pour un Evêque, dont elles ſont conſtamment le premier devoir. Dans le cas de ne négliger aucune des reſſources qui peuvent contribuer au ſoulagement des malheureux, je ne pourrois qu'applaudir à l'intention charitable que vous m'annoncez;

de faire imprimer, au profit des Pauvres, l'Epitre que vous avez bien voulu m'adreffer ; mais je dois être arrêté par le contrafte que je trouve entre le portrait & la réalité.

Je fuis, avec eftime, Monfieur, votre très-humble & très-obéiffant Serviteur,

† A. L. H. Evêq. de Nancy.

ÉPITRE

A MONSEIGNEUR

DE LA FARE,

ÉVÊQUE DE NANCY

ET PRIMAT DE LORRAINE.

Un deuil univerfel attrifte la nature ;
Nos jardins & nos champs dépouillés de verdure,
Les vents & les frimats en courroux élancés,
Les germes des moiffons dans la terre glacés ;
Les Fleuves, les ruiffeaux arrêtés dans leur courfe,
La neige amoncelée ainfi qu'aux champs de l'*Ourfe*,
La famine femant la mort & la terreur :
Tout des Cieux irrités annonce la fureur.
Mais toujours bienfaifant jufques dans fes vengeances,
L'Eternel, en pitié, regarde nos fouffrances ;
Au moment où fon bras s'appéfantit fur nous,
Sa providence encore en adoucit les coups :

A des mortels choifis pour confoler le monde,

Il départ fon efprit, fa fageffe profonde :

» Secondez, leur dit-il, mes paternels deffeins,

» Faites ceffer les pleurs des malheureux humains ;

» Que des vertus, en vous, contemplant les modèles,

» Inftruits à votre exemple, à mon culte fidèles,

» Ils détournent loin d'eux l'arrêt que j'ai porté,

» Que ma juftice, hélas ! arrache à ma bonté.

LA FARE, les accens de cette voix fuprême,

Du DIEU qui conduit tout, du Pere qui nous aime,

De ton cœur généreux animent la vertu :

Tu vois de tous côtés l'indigent abattu,

Difputant au trépas une pénible vie,

Que la faim, la froidure auront bientôt ravie ;

L'Artifan fans travail, éperdu, gémiffant,

Sous le poids du befoin expirant lentement :

Là le fils à grands cris appelle en vain fon père,

L'enfant ne trouve plus dans le fein de fa mère,

Ces fucs vivifians qui foutenoient fes jours,

La mort à fon aurore en termine le cours ;

Cette famille ici d'un froid cruel atteinte,

A l'entour d'un foyer dont la flâme eft éteinte,

Pour rendre la chaleur à des membres glacés,

Forme un grouppe touchant de bras entrelaffés.

Ce déchirant tableau de l'humaine misère,

Tous ces infortunés qui font gémir la terre ;

L'horreur, le désespoir, en tous lieux répandus,

Les sanglots, les soupirs, ensemble confondus,

Portent l'affliction, l'effroi, dans ta belle ame,

Et pénétré soudain d'une sublime flâme,

Du pauvre abandonné tu veux être l'appui,

Un jour moins douloureux va renaître pour lui ;

Son courage à ta voix à l'instant se ranime,

Des rigueurs de l'hiver il n'est plus la victime ;

De son humble réduit perçant l'obscurité,

Tu fais luire à ses yeux une douce clarté :

Le débile vieillard, par ta main bienfaisante,

Sent affermir encor sa marche défaillante ;

Du malade expirant au lit de la douleur,

Tes soins vont rappeller la mourante vigueur ;

Du timide orphelin tu protèges l'enfance ;

L'aliment dont *Cérès* indiqua la semence,

De la mère affoiblie a fécondé le sein,

Et son fils altéré peut y puiser enfin,

Ce doux lait que pour lui prépare la nature ;

Sous les toits entr'ouverts où régnoit la froidure,

S'allument aussi-tôt mille feux pétillans,

Et le pauvre chez lui croit revoir le printems.

'Ainſi, l'aſtre du jour, en éclairant le monde ;

Partageant ſes rayons ſur la terre & ſur l'onde,

Pénètre des rochers les arides ſommets,

Perce la profondeur des antiques forêts,

Et donne à l'Univers la chaleur & la vie ,

Ou, plutôt, telle étoit la ſageſſe infinie,

Lorſque, dans le déſert, la diſette & la mort,

Des enfans de *Jacob* combloient le triſte ſort :

L'Eternel fait ſur eux deſcendre ſa roſée,

Et leur faim dévorante eſt ſur l'heure appaiſée.

(✱)

Ton œil fait découvrir juſqu'au fonds des campagnes,

Dans les ſecrets abris des plus hautes montagnes,

Le chaume villageois ſous la nëige enterré,

Et le cultivateur, pâliſſant, égaré,

N'implore plus en vain, la foible récompenſe

Des ſueurs qu'il verſa pour l'altière opulence.

O, LA FARE, pourſuis, tu fixes tous les yeux !

Pontife du Très-haut, ſois l'image des Cieux !

Un cœur comme le tien eſt leur plus bel ouvrage ;

Honorer le nom d'homme eſt ſon noble apanage ;

Si les biens paſſagers ont pour lui des douceurs ,

C'eſt que de l'indigence il peut tarir les pleurs ;

Et quand ce vil *Crœſus* s'agite, ſe tourmente,

Pour trouver des plaiſirs qui trompent ſon attente ;

C'est peu que des Cités les tristes habitans,

Et doivent Chaque jour la fin de leurs tourments

Lui, de l'humanité qui s'éclaire toujours ,
Environne de fleurs le cercle de ses jours ;
Cher à tous , il acquiert une solide gloire ,
Et l'avenir long-tems , bénira sa mémoire.

Mais , que dis-je ?... le prix des mondaines vertus ,
Ne présente au Chrétien que charmes superflus ;
Une fin plus parfaite , & l'anime & le guide ,
De sa religion il se fait un égide :
Lorsque mille bienfaits s'échappent de sa main ,
Il sait se dépouiller d'un orgueilleux levain :
Le grand Etre est son but , & son esprit l'inspire ,
Ses faveurs font le prix , le seul prix qu'il désire.

Ce mobile sacré des plus purs sentimens ,
Dirige seul tes pas & marque tes instans ;
Voyant les maux épars sur le globe où nous sommes ,
Tu sais que ton devoir est d'être utile aux hommes ;
Que DIEU t'ayant empreint du sceau de sa grandeur ,
De tout mortel souffrant t'a fait le protecteur :
Tu dédaignes l'éclat d'une vaine fumée ,
Et ta vertu n'aspire à d'autre renommée ,
Qu'à celle dont jouit , auprès de l'Eternel ,
Celui qu'il décora d'un laurier immortel.

Mais , quand le malheureux ressent ta bienfaisance ,
Tu ne peux échapper à sa reconnoissance :

Mille bras vers les Cieux élevés chaque jour ;
Les accens du plaifir, & des larmes d'amour ;
L'abondance à ta voix remplaçant la mifère,
Le calme qui renaît dans la trifte chaumière ;
Tout parle, tout annonce, à l'ame ainfi qu'aux yeux,
Les vertus de ton cœur & tes foins généreux.

Mais combien font puiffans les exemples d'un Sage,
Le riche eft réveillé, ton regard l'encourage ;
Il veut goûter enfin des plaifirs plus parfaits,
Que ceux dont il fuivit les frivoles attraits :
Des biens qu'il entaffoit, une foible partie
Va couler chez le pauvre & lui rendre la vie ;
Son œil s'ouvre, il connoît une pure douceur,
Et fon or, une fois, opère fon bonheur.

O ! fi du Tout-Puiffant j'éprouvois l'influence,
S'il donnoit à ma voix la force & l'éloquence,
L A F A R E, tu ferois le fujet de mes vers !
Ma Mufe de ton nom rempliroit l'Univers !
Les Pontifes des Cieux, embrafés d'un faint zèle,
Voudroient, en me lifant, te prendre pour modèle,
Et le monument pur qu'éleveroient mes chants,
Utile au genre humain, feroit vainqueur des tems.

J'oferois peindre auffi cette brave Nobleffe,
Que la gloire & l'honneur accompagnent fans ceffe ;

Ces aimables Français, ces dignes Chevaliers (1),
Toujours aux champs de *Mars* moiſſonnant des lauriers;
Je peindrois ces Héros que la valeur enflâme,
A qui *Du Chatelet* a tranſmis ſa grande ame;
Pour le meilleur des Rois & pour l'humanité,
Reſſentant même amour, même fidélité !
Qu'on aimeroit à voir, en ſauvant la Patrie,
Des mortels où le cœur à la bonté s'allie,
Laiſſer tomber le fer de leur bras triomphant,
Diſtribuer le pain qui nourrit l'indigent;
Chercher dans ſon foyer la pauvreté timide,
Et chaſſer les horreurs du beſoin homicide.

-----

(1) Tout le monde connoît les actes multipliés de bienfai-
ſance que MM. les Officiers de la garniſon de Nancy, ont
faits dans ces momens douloureux, particuliérement MM.
du Régiment du Roi, qui, non contens d'exciter, en corps,
la reconnoiſſance publique, ſe rendent, chacun en particu-
lier, tous les jours plus chers aux malheureux timides, en
les ſecourant ſecrettement de la maniere la plus délicate;
ainſi, le foible portrait que je fais ici de ces braves Guer-
riers, qui honorent l'humanité par la ſenſibilité de leur cœur,
ne peut être accuſé de flatterie, on ne peut me reprocher
que de ne pas avoir eu aſſez de talent pour rendre, avec les
couleurs propres au ſujet, & tout ce qu'ils font, & tout ce
qu'ils inſpirent.

Ainſi, j'ai vu LOUIS, qu'ils imitent ſi bien,
Quand victimes des froids, & n'eſpérant plus rien,
Les pauvres, ſans ſecours, languiſſoient dans la rue,
Et de *Paris* en pleurs rempliſſoient l'étendue :
Attendri, déchiré, les larmes dans les yeux,
Ordonner que par-tout brillaſſent mille feux,
Faire porter du pain aux familles mourantes,
Et ſe montrer l'honneur des ames bienfaiſantes.

Qu'il ſeroit doux pour moi de rendre dignement,
Avec le coloris, le feu du ſentiment,
Tant de faits excités par un Ciel ſecourable,
Mais d'un vol auſſi haut je me ſens incapable;
Et ſans me fatiguer en ſtériles efforts,
Connoiſſant de ton cœur les immenſes tréſors,
Ma Muſe, en te chantant, ne voit d'autre avantage,
Que celui de t'offrir un libre & pur hommage.

LA FARE, accueille donc ce légitime encens,
La vérité l'apprête & dicte mes accens.
Si tu n'avois été qu'une Prélat ordinaire,
Endormi mollement au fonds du ſanctuaire;
Si tu n'avois brillé que par un nom fameux;
Si tu n'avois pour dot que ces dons orgueilleux,
Qui méritent des Rois la faveur paſſagere,
Et nous font parvenir aux grandeurs de la terre :

De ton ambition ayant atteint le but ;

Mille autres éblouis t'offriroient le tribut

D'un éloge menteur où l'intérêt préfide ,

Mais la feule fageffe & te meut & te guide ;

Peu content des talens que l'on admire en toi,

Talens, à ton pays, auffi chers qu'à ton Roi,

Tu fais que l'on n'obtient une gloire durable ,

Qu'en rendant par le bien chaque jour mémorable ;

Tu portes en ton cœur les malheureux divers :

Voilà , voilà les dons qui m'inspirent des vers.

F I N.

---

*Vû. Permis d'imprimer. Nancy le 15 de
l'an 1789.* URION.